AF335805

Vente du Lundi 16 Avril 1894

HOTEL DROUOT, SALLE Nº 10

Et Mardi 17 Avril 1894, Salle Nº 9

à deux heures

BEAU MOBILIER

ÉPOQUES

LOUIS XIII, LOUIS XIV ET LOUIS XVI

TRÈS BELLES PENDULES EN MARQUETERIE DU TEMPS DE LOUIS XIV

OBJETS D'ART, TABLEAUX

ORFÈVRERIE, BIJOUX, CAMÉES

Mᵉ G. DUCHESNE

COMMISSAIRE-PRISEUR

6, rue de Hanovre, 6

M. A. BLOCHE

EXPERT PRÈS LA COUR D'APPEL

25, rue de Châteaudun, 25

EXPOSITION PUBLIQUE

Le Dimanche 15 Avril 1894, de 2 heures à 5 heures 1/2

CATALOGUE

D'UN

BEAU MOBILIER

ÉPOQUES

LOUIS XIII, LOUIS XIV & LOUIS XVI

Meubles-Cabinets, Consoles, Glaces, Chaises longues,
Stalles, Fauteuils, Canapés, Banquettes, Tables,
Commodes, Lit avec son baldaquin, Chambre à coucher,
Chiffonnier, Meubles de style et modernes

Très belle Pendule en marqueterie du temps de Louis XIV

Bronzes, Sculptures, Porcelaines, Faïences, Armes
Miniatures, Bijoux, Camées, Intailles, Orfèvrerie

TABLEAUX

ANCIENS ET MODERNES

Aquarelles — Dessins — Gravures

Tentures — Tapis — Etoffes

DONT LA VENTE AURA LIEU

HOTEL DROUOT, SALLE Nº 10

Le Lundi 16 Avril 1894

ET SALLE Nº 9

Le Mardi 17 Avril 1894

à 2 heures

Mᵉ G. DUCHESNE	M. A. BLOCHE
COMMISSAIRE-PRISEUR	EXPERT PRÈS LA COUR D'APPEL
6, rue de Hanovre, 6	25, rue de Châteaudun, 25

Chez lesquels on trouve le Catalogue.

EXPOSITION PUBLIQUE

Le Dimanche 15 Avril 1894, de 2 heures à 5 heures 1/2

CONDITIONS DE LA VENTE

La vente sera faite *expressément* au comptant.

Les acquéreurs payeront en sus des adjudications *cinq pour cent*.

L'exposition mettant le public à même de se rendre compte de l'état des objets, il ne sera admis aucune réclamation une fois l'adjudication prononcée.

Paris. — Imp. de l'Art, E. Moreau et Cⁱᵉ, 41, rue de la Victoire.

DÉSIGNATION DES OBJETS

OBJETS D'ART ET D'AMEUBLEMENT

BIJOUX

1 — Grand meuble cabinet en bois noir gravé, ouvrant à deux vantaux surmontés de deux tiroirs, avec nombreux tiroirs à l'intérieur, et au centre deux autres portes décorées de marqueterie de bois et d'ivoire. Il est supporté par une table-console à huit colonnes. Époque Louis XIII.

2 — Grande et belle console en bois sculpté et doré du temps de Louis XIV.

3 — Grande glace avec cadre richement sculpté et doré, à chevaux ailés, fleurs coquilles et fleurs ; le fronton est orné d'une glace gravée

représentant Diane et Apollon, et la partie
inférieure du cadre d'une autre glace gravée
représentant un Berger endormi. Époque
Louis XIV. — Haut., 2 m. 65 cent.

4 — Chaise-longue en deux parties, en bois
doré du temps de Louis XIV, recouverte en
étoffe de soie à dessin rouge sur fond jaune,
avec ses deux coussins.

5 — Deux fauteuils en bois sculpté Louis XIV,
recouverts en même soierie.

6 — Beau cabinet Louis XIII, en palissandre
plaqué d'écaille, garni d'entrées de serrure,
écoinçons et pilastres en bronze doré, sur sa
table support.

7 — Grande stalle à deux places en bois sculpté.
Renaissance.

8 — Banquette Renaissance, recouverte en tapisserie ancienne.

9 — Jolie petite table Louis XVI, en acajou,
garnie de cuivre.

10 — Belle commode en bois de placage, garnie de bronze doré. Époque Louis XIV. Elle porte la signature : Fleury.

11 — Canapé en bois sculpté et doré du temps de Louis XVI, recouvert en soie à rayures.

12 — Beau lit en bois sculpté et doré du temps de Louis XVI, garni en damas de soie avec son ciel de lit.

13 — Jolie petite commode en bois rose du temps de Louis XVI.

14 — Pupitre à musique en chêne sculpté.

15 — Deux tabourets en bois sculpté. Louis XIV.

16 — Deux fauteuils forme bergère et chaise longue en bois sculpté foncé de canne dorée avec doubles coussins en soierie fond blanc à bouquets de fleurs, franges et cordelières assorties. Style Louis XVI.

17 — Glace d'entre-deux Louis XVI, en bois sculpté et doré.

18 — Ameublement de chambre à coucher, style

Louis XVI, en acajou ciré, orné de bronzes dorés, composé de : un lit de milieu, une table de nuit, une armoire à glaace.

19 — Chiffonnier en acajou ciré, orné de bronzes dorés. Style Louis XVI.

20 — Table de milieu en acajou ciré, ornée de bronzes dorés. Style Louis XVI.

21 — Grande glace avec cadre en acajou ciré, ornée de bronzes dorés. Style Louis XVI.

22 — Deux fauteuils en bois sculpté et doré, couverts en étoffe. Style Louis XVI.

23 — Console en acajou, dessus en marbre. Style Louis XV.

24 — Guéridon en acajou, dessus en marbre vert. Époque Empire.

25 — Girandole en bronze doré et cristaux, à cinq lumières.

26 — Ameublement de salon couvert en étoffe de fantaisie jaune, rampes en rouge garni de franges, composé d'un canapé, deux fauteuils et quatre chaises.

27 — Deux chaises en bois noir, couvertes en étoffe de fantaisie.

28 — Table de salon en bois noir et filets de cuivre.

29 — Meuble à hauteur d'appui en bois noir, orné de bronzes, dessus en marbre.

30 — Deux lampes en bronze.

31 — Table en acajou.

32 — Petite table en marqueterie de luxe, avec deux tiroirs, ornée de bronzes dorés, dessus à galerie de cuivre. Style Louis XVI.

33 — Petite table à un tiroir en marqueterie ornée de bronzes. Style Louis XV.

34 — Décorations de lit et de croisée en laine et soie fond bleu, dessin à fleurs en jaune d'or.

35 — Décoration de fenêtre en étoffe rouge, garnie de galons jaunes.

36 — Décoration de lit et de croisée en étoffe blanche rayée bleue et à fleurs.

37 — Tapis de Smyrne.

38 — Deux potiches japonaises.

39 — Fauteuil confortable couvert en étoffe de fantaisie.

40 — Belle garniture de cheminée, composée de cinq pièces en marbre blanc et bronze doré. Pendule, candélabres et flambeaux. Louis XVI.

41 — Peinture sur pierre : l'Innocence.

42 — Pendule forme char de triomphe en bronze doré. Premier Empire.

43 — Quatre gravures anglaises : Scènes familiales. Encadrées.

44 — Vitrine en acajou ornée de bronzes. Style Louis XVI.

45 — Très belle pendule en marqueterie de cuivre et d'écaille, richement garnie de bronzes dorés. La partie inférieure de la façade est décorée d'un lambrequin en marqueterie, surmonté d'un groupe des trois Parques en bronze doré. Le chapiteau, supporté par

quatre cariatides de femmes avec corbeilles de fruits en bronze doré, est surmonté de deux figures d'amours en bronze. Le cadran porte le nom de « Coutterez à Lion ». Elle est accompagnée d'un très beau socle console en bois sculpté et doré, décoré d'un masque surmonté de la figure du Temps et de deux figures allégoriques. Epoque Louis XIV. — Haut. de la pendule, 83 cent., haut. du socle, 52 cent.

46 — Autre pendule avec son socle-console, en marqueterie de cuivre et d'écaille, garnis de bronzes dorés. Epoque Louis XIV.

47 — Buire en bronze patine claire, ornée d'une chimère. Style XVIᵉ siècle.

48 — Deux jolies gravures en couleur sur soie représentant les sujets connus sous les titres : « Au moins soyez discret » et « Comptez sur mes serments », de Saint-Aubin.

49 — Deux paires de rideaux en ancien damas de soie rouge.

5o — Chape en soie avec broderies Renaissance.

51 — Autre chape de la même époque.

52 — Belle miniature ronde sur ivoire : Portrait d'homme. Époque de la Révolution.

53 — Miniature carrée sur ivoire : Portrait de dame en robe rose. Époque de la Restauration.

54 — Joli vase en argent, anses mobiles tenues par des têtes de lion, sur pieds à quatre fleurs de lis.

55 — Beau cadre en argent repoussé et ciselé. Style Louis XV.

56 — Châtelaine en cuivre ciselé et doré.

57 — Statuette en bronze ancien : Narcisse,

58-59 — Deux statuettes en bronze de Rolle : Chanteur et Joueur de mandoline.

60-61 — Deux belles paires d'appliques style Louis XV en cuivre, garnies de cristaux.

62 — Beau buste d'évêque en terre cuite. Époque Renaissance.

63 — Buste en terre cuite, par Oliveri.

64 — Deux grandes cariatides en bois sculpté à figures d'hommes. XVIe siècle.

65 — Deux autres à figures de femmes. XVIe siècle.

66 — Beau cadre de tapisserie en bois sculpté. Époque Louis XIV.

67 — Cadre en bois sculpté. Époque Louis XVI.

68 — Joli panneau en bois sculpté à ornements. Louis XIV.

69 — Panneau gothique en bois sculpté.

70 — Deux beaux frontons en bois sculpté et ajouré.

71 — Beau buste en buis sculpté : Marie-Antoinette.

72 — Grand volume contenant des gravures représentant les galeries du Palais des Papes à Rome.

73 — Fusil ancien oriental, canon de Damas incrusté d'or, bois incrusté d'argent et garniture en argent.

74 — Plat en faïence de Deck, décor à buste de femme avec amours et fleurs sur les bords.

75 — Grand plat en faïence de Deck, décor à rinceaux fleuris entrelacés.

76 — Joli tapis de prière en velours rouge, richement brodé d'argent à rosaces, arabesques et oiseaux. XVIe siècle.

77 — Armure, casque, brassard et bouclier damasquinés d'argent.

78 — Portière orientale en satin et broderie or.

79 — Paire de rideaux en satin de Chine noir, ornés de broderies et de dragons.

80 — Paire de portières en peluche bleue et bordures roses.

81 — Couvre-lit en satin brodé réséda.

82 — Lampe à gaz, forme ibis, en bronze.

83 — Étagère en bambou.

84 — Deux paires de rideaux en soierie tunisienne, dessin à rayures.

85 — Bandeau de piano en broderie et soierie, fond bleu, dessin à chimère.

86 — Bandeau de piano en broderie et soierie, fond bleu, dessin à chimère.

87 — Chaise en bois noir sculpté couverte en ancienne broderie de Chine.

88 — Table à ouvrage en marqueterie de bois, garnie d'une glace à l'intérieur.

89 — Lampe à pétrole, formée par une perdrix, en émail cloisonné de Chine; monture en bronze doré.

90 — Table orientale en bois noir et incrustations de nacre.

91 — Groupe de deux personnages en bronze du Japon.

92 — Deux robes en crêpe du Japon.

93 — Portière en toile japonaise, mesurant environ 4 mètres.

94 — Deux masques japonais en bois sculpté.

95 — Paire de pistolets albanais anciens.

96 — Paire de rideaux en satin vert et broderies soie et or. Travail d'Orient.

97 — Couvre-lit oriental en satin rouge et broderie or et soie.

98 — Paire de portières orientales à double face.

99 — Paire de rideaux algériens en soie, dessin à rayures.

100 — Paire de rideaux tunisiens en soierie à rayures.

101 — Bandeau de piano en satin et broderie or et soie.

102 — Deux panneaux chinois en ancien satin rouge et broderies.

103 — Lambrequin en broderie bleu, avec frange en argent, mesurant environ 5 mètres.

104 — Tabouret oriental en bois noir et incrustations de nacre.

105 — Grande miniature sur ivoire : l'Impératrice Joséphine dans le parc de la Malmaison.

106 — Miniature rectangulaire : portrait de la reine Marie-Antoinette, d'après Hensius.

107 — Miniature ronde : jeune femme en toilette décolletée Louis XVI.

108 — Miniature ovale : portrait de la marquise de Castellane.

109 — Miniature ronde : portrait de Mme Victoire, fille de Louis XV.

110 — Miniature ronde : jeune femme, fond de paysage. Époque Louis XVI.

111 — Miniature sur ivoire d'après Lawrence : le Lever des Modistes. Cadre en bois doré.

112 — Miniature sur ivoire d'après Baudoin : le Danger du tête à tête. Cadre en bronze doré à fronton

113 — Miniature : Dame Louis XVI dans un salon. Cadre en bronze doré à fronton.

114 — Miniature : Portrait de jeune marquise avec rose au corsage, dans un parc.

115 — Miniature : Portrait de Mme de Marsan en robe bleue et dentelles blanches.

116 — Miniature : Portrait d'homme à perruque blanche. Cadre bois noir.

117 — Trois vases en faïence de Marseille.

118 — Perroquets en faïence.

119 — Cachet ancien.

120 — Cadre en bois sculpté. Epoque Louis XVI.

121 — Deux appliques en bronze.

122 — Miniature sur ivoire : Raphael Sanzio.

123 — Plat en ancienne faïence d'Urbino.

124 — Lot de brocatelle.

125 — Bordures en étoffes.

126 — Médaille en argent.

127 — Plat en bronze.

128 — Deux tasses et soucoupes en émail.

129 — Tiépolo (d'après). Vénus lutinée par l'Amour.

130 — Buste en bronze : la République, de Jacques France.

131-133 — Trois miniatures : Sujets divers.

134 — Statuette en bronze : Napoléon, sur socle.

135 — Plaque en émail.

136 — Deux plaques en Wedgwood.

137 — Groupe d'enfants en bronze.

138 — Groupe en biscuit : le Triomphe de Bacchus, sur socle en marbre.

139 — Deux boîtes en porcelaine de Saxe.

140 — Porte-montre doré. Empire.

141 — Deux petites lampes argentées.

142 — Deux cadres en métal argenté.

143 — Porte-mine et liseuse en argent. Dans un écrin.

144 — Cachet tors.

145 — Cafetière en métal argenté.

146 — Paire de ciseaux en argent. Dans un écrin.

147 — Lampe à colonne.

148 — Seau à biscuits en cristal, couvercle en métal argenté.

149 — Broche et bracelet en argent.

150 — Petite pendule en métal argenté. Style Louis XV.

151 — Cartel en bronze avec enfant en relief, monture marbre. Style Louis XV.

152 — Jardinière en métal argenté. Style Louis XV.

153 — Petite pendule en cuivre émaillé.

154 — Lampe de parquet avec table en onyx. Style Renaissance.

155 — Lampe duchesse en métal doré.

156 — Lampe en cuivre émaillé et cloisonné.

157 — Encrier en métal doré. Style rocaille.

158 — Bougeoir. Style Louis XV.

159 — Lampe à colonne en cuivre émaillé.

160 — Porte-bouquet en onyx avec enfant en bronze doré en relief.

161 — Buste en marbre et bronze : Cléopâtre, de Mechiore.

162 — Buste en marbre : la Madeleine, de Mechiore.

163 — Buste en marbre : Paysanne en prière, de Mechiore.

164 — Bas-relief en marbre : Saint Jean enfant.

165 — Bas-relief en bronze : Saint Jean enfant.

166 — Statuette en marbre : Rêverie.

167 — Buste en marbre : l'Alsacienne, de E. Gérard.

168 — Suspension de salle à manger.

169 — École moderne : Paysage.

170 — Haut-relief polychrome représentant un faune, une bacchante et des enfants, d'après Clodion, cadre en chêne.

171 — Haut-relief polychrome représentant la Vierge et l'Enfant Jésus, d'après Lucca.

172 — Bas-relief polychrome : le Christ au Jardin des Oliviers, d'après Évrard.

173 — Vase en liège rustique émaillé.

174 — Grand vase en faïence de Kioto.

175 — Paire de potiches de Chine, famille verte.

176 — Paire de potiches d'Imari.

177 — Paire de vases en bronze à oiseaux et fleurs en relief.

178 — Brûle-parfum en bronze, anses formées par des chimères, couvercle surmonté d'une divinité sur chimère.

179 — Paire de jardinières de Chine, genre famille verte.

180 — Paire de vases en porcelaine de Chine, décor vert et or.

181 — Plat d'Imari bords ajourés.

182 — Paire de vases en porcelaine de Chine, fond rouge haricot.

183 — Deux socles hauts en bois de fer.

184 — Deux plats en porcelaine d'Imari.

185 — Plat de Kutani.

186 — Deux grands sabres en os gravé.

187 — Paire de cornets en bronze gravé.

188 — Paire de vases en métal argenté à fleurs et oiseaux en repoussé.

189 — Deux jardinières en porcelaine du Japon, décor genre ancien.

190 — Deux magots de Kutani.

191 — Deux groupes de Kutani : Enfant et Femme tenant un vase.

192 — Groupe de Kutani : Pêcheur sur roche

193 — Deux paires de vases en bronze.

194 — Paire de brûle-parfums en bronze.

195 — Jardinière en bronze.

196 — Jardinière en bronze.

197 — Paire de vases de Kutani.

198 — Paire de vases d'Imari.

199 — Applique en faïence de Savone.

200 — Applique en faïence d'Ulysse de Blois.

201 — Glace en porcelaine de Saxe, ornée de deux amours en relief.

202 — Service à déjeuner en porcelaine de Saxe, composé de cinq pièces.

203 — Plateau en porcelaine de Saxe.

204 — Deux vases avec couvercles, en porcelaine de Saxe.

205 — Boite, forme chien, en porcelaine de Saxe.

206 — Deux statuettes en porcelaine de Saxe.

207 — Figurine en porcelaine de Saxe.

208 — Buste en terre cuite peinte : la Nubienne.

209 — Deux bustes en terre cuite peinte : les Napolitains.

210 — Vase avec couvercle en porcelaine de Saxe.

211 — Jardinière en porcelaine de Saxe, fond ivoire, décor à dragon.

212 — Barque en porcelaine de Saxe, fond ivoire, contenant deux enfants.

213 — Candélabre en porcelaine de Saxe à quatre lumières.

214 — Vitrine, décor genre vernis Martin.

215 — Huit garde de sabres, en bronze japonais.

216 — Flûte du Japon.

217 — Deux épingles de cravates en argent japonais.

218 — Quatre ornements japonais.

219 — Deux vitrines à hauteur d'appui ouvrant à deux portes en bois doré à colonnes détachées. Style Louis XVI.

220 — Trois chaises en bois sculpté et doré, dessus en soie brodée. Style Louis XVI.

221 — Console de style Louis XVI, en bois sculpté et doré, dessus en marbre blanc.

222 — Bague en or nicolo rose, quatre fils.

223 — Bague en or, ornée d'une améthyste, tête arrondie.

224 — Bague en or nicolo rose : tête carrée ouvrante.

225 — Cachet en cristal de roche, monture or.

226 — Cachet : topaze, monture or.

227 — Paire de boutons de manchettes, or et cristal de roche avec Jockeys.

228 — Epingle en or et camée moderne : Tête de Pallas.

229 — Epingle en or et camée ancien : Tête de femme.

230 — Epingle en or et camée ancien : Philosophe.

231 — Epingle en or et camée : le Pape.

232 — Epingle en or et camée ancien : la Muse.

233 — Camée ancien : Jupiter.

234 — Camée ancien : Tête de Méduse.

235 — Camée moderne : Philosophe.

236 — Camée moderne : Amour.

237 — Camée moderne, double face : Shakespeare.

238 — Intaille moderne : Guerrier.

239 — Intaille moderne : Sujet.

240 — Intaille moderne : jeune Hercule.

241 — Scarabée moderne, œil de tigre.

242 — Petit œil de tigre et paire de boutons de manchettes, forme fer à cheval.

243 — Fer à cheval hématite.

244 — Plaque hématite.

245 — Deux lapis lazulis.

246 — Cristal de roche gravé et peint : Tortue.

247 — Deux cristaux de roche gravés et peints, formant aquarium.

248 — Cristal de roche gravé et peint : Tête de chien.

249 — Cachet, cristal de roche, taille russe d'Ekaterinenbourg.

250 — Cinq cachets, cristal de roche.

251 — Quinze pièces en verre imitant l'intaille.

252 — Cachet sur statuette bronze sujet écossais.

253 — Ecrin contenant trois pièces en onyx, un

cachet monté en argent et un porte-plume en nickel.

254 — Bague en argent.

255 — Médaillon or et camée ancien, tête de femme.

256 — Breloque en or enrichie de deux pierres.

257 — Bague en or, tête ronde, onyx rose, deux fils.

258 — Bague en or, camée, tête carrée.

259 — Bague en or, tête ovale.

260 — Bague marquise, camée, entourage de perles.

261 — Bague en or et camée : tête d'Omphale.

262 — Bague en argent et camée : tête de Méduse.

263 — Épingle en or et camée, onyx, deux couches : tête de Méduse.

264 — Épingle en or et camée, onyx, deux couches : tête de Minerve.

TABLEAUX, DESSINS, GRAVURES

265 — APPIAN. *Marine.*

266 — BÉGA (ABRAHAM). *Scène flamande.*

267 — BENCSUR (Attribué à). *Amour à la mandoline.*

268 — BONVIN (École de). *Femme au rouet.*

269 — BOUTON. *Personnage sous une voûte.*

270 — CABAT. *Entrée de village.*

271 — CHARDIN (Genre de). *Nature morte.* Grand
tableau.

272 — COROT (Attribué à). *Paysage avec figures.*
Esquisse.

273 — DAGNAN. *Bords du lac de Brienz.*

274 — DAGNAN. *Le Chalet de la Vigne, près*
Interlaken.

275 — DAGNAN. *Autre vue de Suisse.*

276 — DAUBIGNY (KARL). *Plage avec débarque-
ment de bateaux de pêche.* Composition im-
portante.

277 — FINART. *Cavaliers arabes.*

278 — FORT. *Petit paysage ovale.*

279 — GARRETA. *Andalouse.*

280 — GERVEX. *Le Maréchal-ferrant.* Étude.

281 — GERVEX. *Divinité portée par les nuages.*

282 — GIRAUD (EUGÈNE). *Le Coup de vent.*

283 — GIRAUD (EUGÈNE). *Le Coup de soleil.*

284 — GUET. *Petit Mendiant.*

285 — HARPIGNIES (École de). *Paysage.*

286 — HOUBRAKEN *Artémise devant le tombeau de Mausole.*

287 — HAWKINS. *Paysage avec figures.*
Les Blanchisseuses. Aquarelle.

288 — HILDER (JOHN). *Bords de rivière.*

289 — JACQUET. *Portrait de dame.* Dessin au crayon rouge.

290 — LAFFITTE (GERALD). *Portrait de dame.* Aquarelle.

291 — LALOUE (JULIEN). *Port de mer.*

292 — LESAINT. *Intérieur de cloîtr .*

293 — MASSON (P.). *Déesse et amours.*

294 — MENCEL. *Fleurs, fruits, gibier, vases, etc., sur la tablette d'un buffet sculpté.*

295 — PALAMÈDE. *Intérieur d'atelier.*

296 — PANINI (Genre de). *Ruines et figures.*

297 — PARROCEL (Attribué à). *Paysage avec figures de cavaliers.*

298 — PETERS (BONAVENTURE). *Marine.* Avec cadre Louis XIV en bois sculpté.

299 — REYNOLDS (Attribué à). *Portrait ovale de jeune homme.*

300 — ROMBOUT-TROYEN. *La Résurrection de Lazare.*

301 — WINTERHALTER (D'après). Deux gravures : *Portrait de Napoléon III et de l'Impératrice.*

302 — WATTEAU (de Lille). *Assemblée galante.*

303 — ZURBARAN (École de). *Saint François d'Assise en prière.*

304 — ÉCOLE ANCIENNE. *Portrait de dame à grande perruque, robe bleue.* Dessin rehaussé de couleur.

305 — ÉCOLE ANCIENNE. *Amours dans un parc.* Gouache.

8f 306 — ÉCOLE ESPAGNOLE. *Le Christ en croix.*

16 307 — ÉCOLE ESPAGNOLE MODERNE. *Pastèques,
fruits et raisins.* Deux pendants.

202 308 — ÉCOLE FRANÇAISE. Beau dessus de porte
représentant un médaillon en marbre. Sujet
d'amours faisant de la musique, entouré de
fruits, fleurs et instruments de musique.

309 — ÉCOLE FRANÇAISE. *Portrait de dame du
temps de Louis XVI.*

310 — ÉCOLE FRANÇAISE. *Portrait de dame du
temps de Louis XV.* Cadre en bois sculpté.

311 — ÉCOLE FRANÇAISE. *La Bonne Aventure.*

312 — ÉCOLE FRANÇAISE. *La Vierge, l'Enfant et
un ange.*

313 — ÉCOLE FRANÇAISE. *Jeune Homme et enfant.*
Dessin.

314 — ÉCOLE FRANÇAISE. XVIIIᵉ siècle. *La Belle
en pleurs.* Gouache. Cadre en bois sculpté.

315 — ÉCOLE FRANÇAISE. *Portrait de Mᵐᵉ Du-
trene, de la Comédie-Française.*

316 — ÉCOLE HOLLANDAISE ANCIENNE. *La Visita-
tion de la sainte Vierge et sainte Élisabeth.*
Cadre en bois sculpté et doré.

1891.50

maranche 80 — 317 — ÉCOLE HOLLANDAISE. *Beau portrait d'homme.* Daté 1649.

15 . 318 — ÉCOLE HOLLANDAISE. *Fleurs, fruits, gibier.* Deux pendants.

7 319 — ÉCOLE ITALIENNE. *Saint François d'Assise recevant les stigmates.*

Champanhet 25 320 — ÉCOLE MODERNE. *Forêt de Fontainebleau* Signé Corot.

3.50 321 — ÉCOLE MODERNE. *Taureau romain.*

alexandre — 322 — ÉCOLE MODERNE. *Portrait de dame.*

salomon 12 323 — ÉCOLE MODERNE. *Gibier et poissons.* Deux pendants.

4.50 324 — ÉCOLE MODERNE. *Fleurs.*

9 325 — ÉCOLE MODERNE. *Paysage, cours d'eau.*

3 326 — INCONNU. *Têtes de vieillard et de jeune femme.*

7 327 — INCONNU. *Le Christ descendu de la croix.*

Violat 65 328 — ~~Tableaux et objets divers~~. *par Veyrassat. Forêt de fontainebleau*
sur marat 7.50 *Baysage école moderne*

marot 34
St galilée
Clovis 3.50 *Dessin à la plume. Les charmes de l'amour*

2.167.50

<u>RED. :</u>

16